KB098892

단풍잎 우표

J.H CLASSIC 075

단풍잎 우표

박만진 시집

지혜

시인의 말

자연을 탕제,

가슴을 숯불로 하여

한약을 달이듯이

지극정성을 다하고자 했건만……,

—흑흑흑!

2021년 여름

박만진

차례

2부

3부

4부

• 일러두기
한 연이 첫 번째 행에서 시작될 때는 > 로 표시합니다.

1부

봄비

4월에 오는 비
봄비

4월에 우는 비

물구나무서다

시인은 물구나무서기로

지구를

들어 올리는 사람이네

봄비, 듣다

새가 울고 꽃이 피고
구름 흐르고 강물 흐르다

세월이란 마을에
흰쥐 검은 쥐 들락거리고

어느덧 늘그막 삶
일흔세 살이 아니라
73층,

어찌어찌 하늘 가까워지고
잠을 자고 꿈을 꾸고

어둑새벽 빗소리
가는귀먹은 왼쪽 귀 못 듣고
오른쪽 귀 듣다

멧비둘기 1

새들의 노래방
5월의 숲속

꿩꿩 꿩 울고
때까치 짖고

뻐꾸기 울고
꾀꼬리 울고

휘파람새
휘파람 불고

꾸르륵 꾹꾹
멧비둘기,

까마귀보다
더 음치로군!

멧비둘기 2

성왕산 멧비둘기

구국救國 구국救國
국國 구국救國 우는데

그렇듯 우는 것이
멧비둘기가 아니고

여린 내 두 귀가
듣는 소리거늘

이렇듯 시나 쓰는
무지렁이로써

주먹을 불끈 쥐어본들
무얼 어떻게 하랴

국구國救 국구國救
구救 국구國救 우는데

볏

벼슬이 볏이다
그 볏 붉디붉다

삼일절 만세 부르듯
새벽닭 운다

높은 해를 보고
알을 낳는 암탉이

제 알을 낳고도
화들짝 운다

닭대가리라 일컬어
폄하지 마라

볏이 벼슬이다
그 벼슬 붉디붉다

비치파라솔

도 레 미 파 솔 라 시 도

만

리 포

해수 욕장

파

라

솔

빨 주 노 초 파 남 보

천

리 포

해수 욕장

파

라

솔

쥐구멍

솔방울만 한 쥐구멍
솔방울이 틀어막으면

쥐구멍만 한 솔방울
쥐구멍이 날름 삼킬까

수류탄만 한 쥐구멍
수류탄이 틀어먹으면

쥐구멍만 한 수류탄
쥐구멍이 꿀꺽 삼킬까

솔방울만 한 수류탄
수류탄만 한 솔방울

음, 솔방울이 아니라
수류탄이 열린 세상!

눈사람 아이

함박눈이 내리고
내려서 쌓이면

늘그막 아내의
미쁜 귀에 속삭여

눈사람 아이
하나 낳고 싶다

눈사람 아이와
눈싸움하고 싶다

함박눈이 내리고
내려서 쌓이면

김가네 김밥

맨 처음 김을
만든 사람이
김가라고 하니

김가네 김밥
사장님 성씨도
김가 아닐까

앞자리 뒷모습
노랑머리 여인은
이가일 거야

이처럼 까만 김이
바다 속 바위,
이끼라고 하네

접시 위 김밥을
먹는 나는
밀양 박가이고

박대

1

젓가락으로 가시를 헤적이며

살을 발라먹다 보니

참빗 같은 생선뼈 하나,

그 가시들이 제 살을 빗질하고 있네

2

여보! 오늘 저녁 손님 밥상에

박대를 올려놓지 마시구려

짐짓 농담이라도

푸대접을 했다고 할 수 있으니

까마귀 울고

까마귀 울고
까치는 짖고

마귀 성씨는
까 씨

마귀라는 이름
옳게 여기지 않아

계절 없이
밤낮 없이

까만 옷을 입고
살고

그 울음조차
까옥 검고

황금두꺼비

작은 연못에서 본
두꺼비,
황금두꺼비는

암컷이 훨씬
크고
수컷이 작고

십이지신상十二支神像에서
볼 수 있지 싶은데
황금두꺼비띠는 없고

화투짝 광光에서
볼 수도 있지 싶은데
황금두꺼비광은 없고

작은 숲길에서 본
두꺼비,
황금두꺼비는

>

암컷이 앞서고

수컷이

뒤따르고

문문

LH 부동산 사태가
LH가 아니라
내 사태로 읽히는 것은

내 탓이요
내 탓이요
LH 큰 탓이로소이다

아니, 곰곰
참따랗게 되짚어 보니
문문

LH 탓이요
LH 탓이요
내 큰 탓이로소이다

그래, 오늘부터

오래도록 마스크를 쓰다 보니
영 미치겠다

그래, 오늘부터

미쳐버린 누군가처럼
줄곧 씨부렁거리던지

곡차를 마신 노스님처럼
곧잘 중얼거릴까 보다

내일이 아니라 오늘부터

신神내림을 받은
용한 박수무당처럼

시詩내림을 받아
신통한 시나 쓸까 보다

논밭 옛 부리망 일소들에게
먼저 용서를 구한다

목걸이

— 노파老婆

파도가 아니라
주름살

주름살 아래
목걸이

목걸이에
십자가

이 도시 네거리와
다르지 않고

저 첨탑 십자가와
다르지 않아

십자가 위
주름살

주름살이 아니라
파도

2부

지우개연필

지우개연필 본 지 꽤 오래되었어요
지우개 달린 연필 참 살뜰했지요

어쩌면 빵모자를 쓴 예쁜 소녀같이
지우개 달린 연필 제법 깜찍했지요

졸업 앨범 속 까까머리 모습 같은
내 지난한 세월의 지우개연필,

지우개연필 귀에 꽂은 어르신들
헛기침조차 근엄하기 그지없었어요

쓰고 지우는 일들 스스로 했지요
지우고 쓰는 일들 스스로 했지요

이즈막에는 아무리 찾아도
지우개 달린 사람 만날 수 없어요

자장면 생각

자장면과 짜장면이 같은 이름이라고요?

자장은 면을 빼면 말씀 노릇을 못하지만
짜장은 면을 빼도 말씀 노릇이 마땅해요

단무지며 양파를 듬뿍 주면 그저 고마운
너나없이 우리들은 짜장면을 좋아하지요

자장면이 표준어이고 짜장면이
사투리이던 때가 몇 해 지나지 않았어요

혹시 생뚱맞은 생각이라 할지 모르겠지만
자장麵 같은 자장面도 어딘가 있겠지요

누구나 살고 싶어 하는 정겨운 농촌,
빼꾸기 소리 자욱한 본향이 아닐까요

풍요로운 마을을 이루고 사는 이웃들은
자장面의 온정을 애써 지키려 하겠지요

짜장면과 자장면이 다른 이름이라고요?

하모니카 형

휘파람을 잘 불던 윗마을 하모니카 형이

어둠 속 휘파람이 아니라 뻐꾸기 소리로

옆집 예쁜 누나를 몰래 불러내는 것을

밤송이 머리일 때에 숨죽이며 엿본 적 있다

오늘 어둑새벽 온석저수지 운동을 나서는데

뻐꾹뻐꾹 성왕산 저 숲속 뻐꾸기가

누구를 불러내려는 것인지 알 수 없지만

늙어가는 무렵에 그때처럼 가슴 설렌다

내 마음의 주소

내 마음의 주소가 내 몸인지
내 몸의 주소가 내 마음인지

내 옷이 내 몸을 입었는지
내 몸이 내 옷을 입었는지

내 구두가 내 발을 신었는지
내 발이 내 구두를 신었는지

마음 가벼우니 몸 가벼운지
몸 무거우니 마음 무거운지

흰 구름인 듯 날 바라보는
저 둑길 염소 한 마리 보아!

내 마음의 고향이 내 몸인지
내 몸의 고향이 내 마음인지

재 너머 밭

어느 구름에
비가 숨었는지 아나

재 너머 밭에
이름 지으러 가네

참깨를 심으면
참깨 밭이고

들깨를 심으면
들깨 밭 아닌가

누구네 밭인들
이름이 따로 있나

양배추를 심으면
양배추 밭이고

양파를 심으면
양파 밭 아닌가

>

어느 구름에

해가 숨었을지 아나

부리망*

포유동물 가운데 사람이 제일 많아

사람 그 다음으로는 소들이 많음

미더운 언덕 같고 외로운 섬 같아

잔잔한 파도 같은 풀밭을 뜯으며

애오라지 되새김질하는 소들은

어느 전생의 조상일지도 몰라

일소에게 한 번도 물어본 적 없고

보습 쟁기질로 들녘 파도를 일구며

멍에, 코뚜레, 채찍은 가혹했음

미세먼지 푸념하며 마스크를 쓰다가

>

부리망이 언뜻 떠오르는 것이

요즘 내가 우공牛公 노릇하려나 봐

* 부리망 : 가는 새끼를 그물같이 엮어 일소 주둥이에 씌우는 물건.

비요일 아침

귀는 벙어리도 아니면서
말 한 마디 없다

누가 뭐라고 할지라도
잠자코 듣기만 하니
시나브로 근지러운 것이다

귀가 말을 하고
입이 소리를 듣는다면 어떨까

하염없이 뜬구름을 바라보고
모람모람 책을 읽기도 하는

쌍꺼풀눈과 더불어
늘 얼마나 거룩한가

하늘 가득 흐린
비요일 아침

그미의 양 귓불에

해말간 진주알이

금조개 껍질처럼 반짝인다

감자의 눈

동부시장에서 사온
감자, 감자의 눈들이
어쩌면 하나같이
지그시 눈을 감고 있다

감자의 눈과 눈끼리
눈감고 오래 참는
겨루기라도 하는 걸까

잠시간 기다리면
살짝살짝
실눈을 뜰 법도 한데

우표처럼 풀을
붙인 것도 아니면서
실눈조차
뜨지 않는 것이다

감자, 감자의 눈들이
덩이줄기 식물들의

술래라도 된 것일까

무언가 깊은 생각에
잠긴 듯도 하고
푸르른 다른 세상을
꿈꾸는 듯도 싶다

고구마

감자와 고구마는 엄연히 다른데
울 엄니는 왜 고구마를 감자라 했을까

한겨울이면 이따금씩 첫눈처럼 웃으시며
감자로 끼니를 때우면 든든하다고
말씬한 고구마를 내놓곤 하셨다

언제나 없이 뱃속에 거지를 모신
고만고만한 다섯 형제들은
감자가 고구마인 줄 곧잘 알아차렸다

하릴없는 세월이 흐르고 흘러
지긋한 나이가 된 이즈막에야
고구마가 물 건너 온 것을 헤아렸다

고구마를 대마도에서 고오꼬오이모,
일본말로는 사쯔마이모라 하거늘

말미암은 이모가 우리말로 감자이니
고구마를 감자라 부르셨던 모양이다

웃보

울보는 있는데
웃보는 왜 없나

울보의 반대말이
웃보 아닌가

서러움을 울보로
다 감쌀 수 있나

밥보라는 말에서
바보라는 말도 생겼는데

언제나 없이
잘 웃는 아내를

웃보라는 애칭으로
부르기도 하지만

기꺼움을 웃보로
다 감쌀 수 있나

함박도

함박꽃의 준말이
함박일 텐데

지난 늦봄에 함박꽃이
활짝 피었나

며칠 전까지 듣도 보도
못하던 섬

섬 시인*도 잘 모르는
함박도

우도 북쪽 8킬로미터
말도 서쪽 8킬로미터

어찌 서해 NLL 남쪽을
북한군 초병이 지키는가?

함박눈의 준말이
함박일 텐데

>

오는 겨울에 함박눈이

평펑 내리려나

* 섬 시인 : 이생진 시인을 일컬음.

이름

서로가 바꿔 부르면
좋을 듯싶은 이름이 있다

지저귀는 종달새를
옹달새라 부르고

맑고 깊은 옹달샘을
종달샘으로 부르면 어떨까

재잘대는 종다리를
종아리라 부르고

아이들의 종아리를
종다리로 부르면 어떨까

곱다시 고쳐 부르면
좋을 듯싶은 이름이 있다

들녘 개불알꽃이란
꽃 이름이 아닌 것 같고

>

길가 며느리밑씻개란

풀이름이 그렇고 그렇다

꼬꼬 댁

경상도 사람,
충청도 사람들은
닭의 볏을
벼슬이라고 한다
못내 그 말뜻을 헤아려 보니
볏도 맞는 것 같고
벼슬도 맞는 것 같다
그 어느 쪽을 일컬어도
둘 다 좋을 성싶지만
볏보다는
벼슬이
좀 더 알맞을 듯하다
앞마당 꽃밭에
맨드라미꽃 피어 있는
안성 댁 닭장에서
제 알을 낳고도 화들짝 놀라
꼬꼬 댁 꼬꼬 우는
저 닭은 물론이고
다른 암탉들의 고향도
꼬꼬다

춘천 댁, 김천 댁, 해남 댁은
안성 댁의 이웃이다
안성 댁 닭장에서
파닥거리는 날개조차
지붕에 오르지 못하는
암탉들 모두
꼬꼬 댁 운다

보름밤에

불면증도 무서운 병이야

잠이 영 오질 않아
걱정을 하며
애써 눈을 좀 붙이려고 하는데

벌써 새아침인 듯 밝아
불을 끄려고 하니

창밖에 하느님이 켜놓으신
보름달이 휘영청한 게야

차면 기울고 기울면
다시 차는 달,

저 달은 창조주가 아니고서는
구름도 바람도
끌 수 없는 불인 게야

하느님도 한 분

해도 하나
달도 하나

달이 웃네요

귀가 우네요
줄곧 우네요

외롭기는 해도
슬프진 않은데

낮에도 울고
밤에도 우네요

뭇 새들, 풀벌레들의
울음소리를

그저 듣기만 하던
용해빠진 귀가

귀뚜리 울음 가시에
자칫 다친 모양으로

어제도 울고
오늘도 우네요

>

달이 웃네요

마냥 웃네요

쓸쓸히 붉다

쓸쓸한 내 밖에는
이목구비랑 몸매랑
걸친 옷과 걸음과
구두의 뒤축이
서로 다른 사람들이
웃고 떠들며 지나가고

쓸쓸한 내 밖에는
쓸쓸한 그대가 없고
쓸쓸한 내 안에는
쓸쓸한 내가 없다

세월의 빗장을 걸고
시간의 자물쇠를
덜컥 채워도
쓸쓸한 내 안의
승강기 문을
활짝 열고 들어서는

그대, 안개꽃 속의

장미꽃 한 송이로

붉다, 쓸쓸히 붉다

3부

온석저수지 풍경

아침 해 바라기 좋은 소나무 한 그루 위에 왜가리 한 마리 앉아 있네

물총새는 아이들처럼 물을 쏘아 보내는 장난감 물총을 갖고 노는 것이 아니네

새끼 다섯을 거느리고 노니는 저 논병아리 보아,

가을 갓모지 손가락 햇살은 어찌 다 큰 새끼들과 어미를 싸잡아 논병아리라 일컫는지 몰라

어릴 때 울 엄니의 팔베개 자장가같이 잔잔한 온석저수지 물결도 황소개구리 울음을 재우지 못하네

마름 풀 저수지 물고기들이며 토종 개구리들이 보면, 그 몸집이 황소처럼 커 보일지는 알 수 없지만

황소개구리 몸집이 제아무리 크다 할지라도 물큰한 쇠똥 한 무더기쯤도 안 되는 것을

>

우렁우렁한 울음소리를 다시 또 들으니 황소개구리란 이름이 결코 무색하지가 않네

쾡이그물과 땅거미는

땅거미와 쾡이그물은 어슷비슷하네

아침 해가 정오를 지나는 동안에 강가에서 구레나룻 사내가 쾡이그물로 물고기를 잡는 것이네

그 손재주를 눈여겨보던 맑은 해가 저녁노을에 낚시질이듯 걸터앉아 아슴푸레한 생각에 잠기네

쾡이그물과 땅거미는 어슷비슷하네

사람들이 모여 사는 마을에 땅거미를 던져 보는 일이 처음은 아니지만

허리를 펴는 일손들이며, 꼬리를 치는 개들이며, 지렁이를 쪼던 닭들이며, 누군가를 기다리는 염소들은커녕

덩치가 크기로 소문난 황소 한 마리조차도 잡히지 않는 못내 속상한 노릇이 어찌 어제오늘뿐이랴 싶은데

땅거미는 어둠 속으로 사라지고 집집마다 불빛이 활짝, 활짝 장미꽃처럼 피는 것이네

단풍잎 우표

세월이란 이름을 아무 데나 함부로 붙여서는 안 돼요
무정하다거나 야속하다는 푸념은 차라리 괜찮아요
안산 단원고 학생들이 죽어 나간 세월호처럼 세상이 발칵 뒤집히는 끔찍한 상상 제발 하지 마세요
늦가을 비 추적추적 내리는 오후, 마음의 벌레이듯 꿈틀거리는 생각을 조곤조곤 다 말할 게요
편지 봉투, 시집 봉투에 붙일 우표 얘기가 아니고요
하릴없는 세월에 붙일 우표를 무엇으로 할까 잠시간 골똘했어요
너나없이 학창 시절에 은행잎, 단풍잎, 네 잎 토끼풀을 책갈피에 끼워 두기를 좋아했었지요
풋풋한 풀잎들 가운데 네 잎 토끼풀이 마땅하기는 하지만 보물찾기도 아니고 영 찾기가 힘들어서요
역시 눈치 빠른 당신은 단풍잎이라는 것을 벌써 알아차리셨군요
단풍나무와 우체통, 빨간색과 또 다른 빨간색은 잘 어울리지 않아요
발삼나무 창창울울한 캐나다는 가본 적 없어 알 수 없지만요
우리나라 어느 우체국도 단풍나무 바로 옆에 우체통을 세워 둔 곳이 없어요

그러저러 허송세월했노라고 안개처럼 부옇게 한숨짓지 마세요

세월에 단풍잎 우표 붙여 구름 집배원 아니면 강물 집배원의 발품을 좀 빌릴까 해요

어느 세월쯤에 도착할지 몰라도 수취인은 전지전능하신 하느님이시어요

늦가을 비 추적추적 내리는 오후, 세월에 붙일 단풍잎 우표 몇 개 냉큼 주워들었지요

세상 공부

— 그때 그 시절

초등학교를 졸업하고 중학교에 진학하지 못한 내 친구의 친구랑 친구가 된 지 몇 개월쯤 지나서예요

여름 어느 날 두 친구의 모습을 시장 입구 먼발치에서 지켜보게 되었는데 책가방이 아니라 얼음과자 상자를 메고 있었어요

비록 아이스케이크를 아이스께끼라 잘못 일컫기는 하지만 아이스께끼라 먼저 외치고 얼음과자라 소리치는 모양이 영어 스펠링보다 더 어려운 세상 공부를 벌써 하고 있는 거예요

겨울 어느 날 두 친구의 모습을 읍내 골목 먼발치에서 지켜보게 되었는데 얼음과자가 아니라 찹쌀떡 상자를 메고 있었어요

비록 가깝고도 먼 나라 말을 사용하기는 하지만 찹쌀떡이라 먼저 외치고 앙꼬모치라 소리치는 모양이 수학 방정식보다 더 어려운 세상 공부를 이미 하고 있는 거예요

모처럼 셋이 나란히 중국집에 들러 짜장면을 먹으며 주고받는 말을 들으니 얼음과자는 땡볕 쨍쨍한 날에 잘 팔리고 찹쌀떡은 함박눈이 펑펑 내리는 밤에 잘 팔린다고 해요

>

　알음알음하여 서원마을 큰 기와집 노름방을 찾아가면 찹쌀떡을 몽땅 떨이하는 횡재도 만난다고 하던데요

바로 조 녀석,

논밭 저 건너편에 밤나무 산이 있기는 하지만 마침맞은 산자락 양짓녘에 어느 누가 밤나무 두 그루 심어 놓았나?

하늘에서 떨어진 것도 아니고 땅에서 솟아난 것이 분명할 텐데

산 주인도 모르고 마을 사람 그 누구도 밤나무를 심은 사람이 없다고 하거늘

사람이 아니면 산짐승일 수는 없지 않느냐고 모두들 두런두런 궁금해 하는 것이네

고라니, 멧돼지, 산토끼, 다람쥐일 리 만무하다고 자욱한 밤안개 속 스무고개처럼 갸웃거리네

해마다 밤나무 꽃이 피고 지는가했더니 양짓녘 산자락 밤나무 가지에 토실한 밤톨을 살짝살짝 벌려 놓았네

오호라! 바로 조 녀석, 청설모

>

눈 덮인 하얀 겨울에 일용할 양식을 하려고 어느 해 늦가을 감쪽같이 숨겨 놓았다가는

그만 깜박 잊곤 찾지 못한 것이 싹을 틔워 밤나무로 자란 것이로구나

눈이 큰 소년은

소년은, 눈이 큰 소년은, 저 숲 속의 어둠을 무서워했어요

꿈틀거리는 뱀의 똬리, 뱀의 눈, 뱀의 혀를 무서워했어요

곱슬머리 땅꾼, 팔뚝의 문신, 문신의 집게를 무서워했어요

벌집을 보면, 벌떼를 보면, 사시나무 떨듯이 벌벌 떨었어요

돼지 불알 가르는 접시 깨진 사금파리, 딸기코 할아버지를 무서워했어요

옛날이야기의 도깨비, 도깨비방망이, 혹부리 영감을 무서워했어요

솔바람 소리, 솔부엉이 울음, 솔부엉이 눈을 무서워했어요

꼬부랑 할머니, 꼬부랑 지팡이, 손가락에 무거운 금반지를 무서워했어요

저 숲 속을 에돌아 한 오 리쯤 가면 꼬부랑 할머니 댁 콩밭이

있어요

꼬부랑 할머니 꼬부랑 호미 들고 콩밭을 매러 가시고

소년은, 눈이 큰 소년은, 그 뒷모습을 물끄러미 지켜보며

조용한 슬픔에 젖어 콧노래 부르며 휘파람 불며 무서워, 무서워했어요

곤포梱包 사일리지

저 빈 들녘 여기저기에 놓여 있는 흰 무더기 저 무더기들은 뭐지, 라고

구룡리 종중산 시향時享 가는 길에 무심코 혼자 중얼거린 것일 뿐인데

운전 중인 맏조카가 하는 말이 공룡 알처럼 생겼으니 공룡 알이라 하지 않겠느냐고 씩 웃는다

쥐라기 시대도 아니고 공룡 알은 무슨 공룡 알?

소들에게 먹일 볏짚으로 알고는 있지만, 그 이름을 모르니 못내 궁금할 수밖에

서산시평생학습센터 화요일 시 창작 강의를 하다가 큰 규모로 농사를 짓는다는 종갓집 맏며느리 수강생에게 물으니 고개를 갸웃거리며 웃는 것이 잘 모르는 듯싶고

수강생 맨 앞줄의 시창작반 회장이 곤포, 뭐라 하는 것 같더라고 하여 손전화 국어사전을 찾아보고는 곤포 사일리지라는 것을

알게 되었다

그러나 곤포는 한자말이고 사일리지는 영어 아닌가

잘 몰랐을 때는 몰랐을 때고 부아처럼 슬그머니 부끄러워지는 것이

농부들은 차치물론하고 도대체 우리나라 국어학자들이며 시인들은 뭘하는지 벌레를 씹은 듯 자괴감이 들다

뭇 별 가운데

은하수 같은 사람들 별이 되기를 소망하는 지구촌에 예쁜 꽃, 푸르른 나무, 신비로운 새 이름도 많은데

뭇 별 가운데 어찌 동물의 이름들이 반짝이는가

하늘의 별자리조차 바꾸어 놓는 봄, 여름, 가을, 겨울을 세월의 마차부라 해도 좋지 싶다

지구가 돈다는 사실을 알고 있으면서 조금도 멀미를 하지 않으니 천만다행이다

다시는 볼 수 없으리라 여기던 초롱초롱한 별들이 쏟아져 내릴 것만 같은 밤하늘을 파도 소리 잔잔한 원산도에서 본다

어줍은 나는 뭇 별 가운데 어릴 때 울 엄니께서 정화수를 떠놓고 치성을 드리던 국자 모양의 북두칠성을 잘 알고 있다

초저녁 서녘 하늘 개밥바라기랑 밤하늘에 가장 먼저 떠오르는 사다리꼴 사자자리쯤 겨우 알고 있다

>

다른 별자리에 도무지 캄캄한 나는 동물 이름의 별들을 손가락 꼽아 헤아려본다

염소, 양, 황소, 외뿔소, 큰개, 작은개, 사냥개, 살쾡이, 전갈, 큰곰, 작은곰, 기린, 사자, 작은사자, 고래,

아하! 뱀별에 땅꾼별도 있구나

여섯 줄을 뜯는 거문고별이며 양떼를 모는 목동별을 만나고 싶다

파도 소리 잔잔한 원산도에서 본다 다시는 볼 수 없으리라 여기던 초롱초롱한 별들이 쏟아져 내릴 것만 같은 밤하늘을

원산도에 다녀와서

안면도는 섬이 아니다 이미 승용차나 버스로 다닐 수 있는 곳이라면 무조건 섬이 아니다

페리호에 승용차 두 대 싣고 안면도 영목항을 출발하여 건넛산이듯 바라다 보이는 원산도 선촌항에서 내렸다

바다 건너 화력발전소 굴뚝에 꾸역꾸역 솟구쳐 오르는 흰 연기를 보고 그 누가 석탄을 때는 연기라고 말할 수 있으랴

보령에서 해저 터널로 하여 안면도 영목까지 다리 공사가 한창이었다

내년 말쯤에 준공이 끝나고 해저 터널과 다리를 개통하면 원산도 역시 섬이 아니다

뜰아래솔바다펜션에 여정을 풀고 바로 그 다음날 일행과 함께 승용차를 타고 원산도를 빙 둘러보았다

효자도, 삽시도, 장고도, 고대도……, 원산도는 크고 작은 이웃 섬들이 많았다

>

원산도에서 그나마 좋았던 것은 아직 섬 그대로의 모습과 고즈넉한 오봉산해수욕장이었다

원산도를 에워싼 바다는 여느 바다와 다를 바가 없었다

원산도에서 정말 좋았던 것은 총총한 별들이 쏟아져 내릴 것만 같은 밤하늘이었다

다시는 볼 수 없으리라 못내 그리워하던 초롱초롱 영롱한 별들이었다

태안의 기적

태안 앞바다에 가면 주꾸미와 낙지가 이따금씩 수묵화를 그리기도 하고, 몇 년 전에 주꾸미가 하늘빛 고려청자를 건져 올린 적도 있습니다

태안 앞바다 유조선 기름 유출 사고

티브이 뉴스를 걱정스레 지켜보니, 그 검은 재앙이야말로 강 건너 불구경이 아니었습니다

처음 본 오일볼을 놀이 공으로 알고 등 굽혀 입사를 하던 왕새우들이 놀라 뿔뿔이 달아나고, 외끌이 쌍끌이 고깃배가 스무날 넘도록 바닷물고기가 아닌 타르 덩어리를 애면글면 건져 올렸습니다

자원봉사자 100만 명 돌파

죽어가는 파도들이 일렁이며 출렁이며 철썩철썩 주저앉는 바닷가, 그 기름방제 작업을 나 역시도 몇 차례 참여했습니다만 그야말로 태안의 기적은 콧마루가 찡하도록 눈물이 나는 일이었습니다

>

다음다음해에 찾아간 태안 앞바다는 파도들이 다시 살아나 갈매기 몇 마리 무동을 태우고 출렁출렁 춤을 추고 있었습니다

울음의 질서

5시 25분, 한겨울인 지라
아직 어둑새벽
아파트 단지를 벗어나
온석저수지로 가는
마을길에 들어서는데
누군가 뒤를 밟는 것만 같아
멈칫 뒤돌아보니
내 발자국 소리가
줄곧 내 뒤를 따라오고 있다
달도 별도 없는 하늘은
눈이 오려는지 잔뜩 흐리다
어디선가 첫닭 운다
잘 모르기는 해도
그 볏 뜨겁디뜨겁겠다
어느 문장의 말줄임표처럼
먼 곳 가까운 곳에서
꼬끼오 수탉 운다
어느 악보의 도돌이표처럼
이중창 삼중창 아니면
합창으로 울어도 좋을 것을

서로서로 울음을 밟지 않으려고
긴 숨 삼키듯 조심하며
번갈아 차례로 가락을 뽑는
수탉들의 울음의 질서라니,
겨울 하늘 무리지어
날아가고 날아오는
겨울철새들처럼
그 서열이 있나 보다

생각의 모자

모자 위에 새들이 날아가고
흰 구름 흘러가고
달이 뜨고
해가 지고
하늘 드높고 드넓지

신발 아래 흙먼지 날리고
샛길이 생기고
시냇물 흐르고
강물이 흐르고
바닷물 출렁이지

머리가 작고
다리와 목이 긴
타조 알의 노른자위처럼
지구는 둥글고
지구는 돌고

강원도 양구군 봉화산 기슭이
한반도의 배꼽,

우리나라 서울의
반대쪽 땅 끝이
브라질 어느 도시라지

날개가 작아
날지 못하는
타조 알의 흰자위처럼
모자 위에 하늘이
신발 아래 하늘이

우리가 하나님이라 섬기는
하늘 하느님은
드높고 드넓은
푸르른 은혜로
우주 만물을 감싸고 계시지

머리 목탁

커피차 몇 잔 때문인지
도깨비불 날아다니고
이러저런 생각에 도무지 잠이 안 옵니다

깊은 밤 말짱한 내 머리가
참 어연번듯한 목탁입니다

눈뜬장님 목탁,
벙어리 목탁,
귀머거리 목탁입니다

어리보기는 어리보기를
스스로 일깨우지 못합니다

안방에서 코를 고는
미쁜 우렁이각시여!

혹시라도 어줍은 내가
악어의 늪에 붙잡혀
아침 늦잠에 빠질 양이면

>

머리 목탁의 이마를 짚어
참따랗게 깨워주시구려

눈 감은 장님 목탁,
벙어리 목탁,
귀머거리 목탁을 깨우시고

모쪼록 내 머리 목탁의
눈과 입과 귀를
다시 찾을 수 있게 해주시구려

홍동백서紅東白西

조율이시棗栗梨柿를 일컬어
말로써 제사를
지내려는 것이 아니네

암수가 한 몸인
대추나무 대추는
애오라지 통 씨네

조선의 역사와
일맥상통하여
임금을 뜻하기도 했네

밤송이 밤나무
가시 옷 한 송이에
씨알이 세 톨이네

조선의 벼슬과
일맥상통하여
삼정승을 뜻하기도 했네

>

우주의 중심은 누를황黃,
배나무 배는
씨가 여섯 개네

조선의 정치와
일맥상통하여
육조판서를 뜻하기도 했네

고욤나무에 감나무로
접을 붙여야 열리는 감은
씨가 여덟 개네

조선의 지도와
일맥상통하여
조선 팔도를 뜻하기도 했네

홍동백서紅東白西를 일컬어
말로써 제사를
지내려는 것이 아니네

네모난 바닥

네모난 바닥과
네모난 천장과
네모난 벽이 만든
네모난 큰방에 침대가 있네
네모난 작은방에 옷들 가지런하고
네모난 주방과
네모난 거실 사이
네모난 글방에
네모난 책들이 빼곡하네
네모난 아파트
네모난 10층 바닥은
네모난 9층 천장이고
네모난 10층 천장은
네모난 11층 바닥이네
네모난 바닥은
네모난 천장을 올려다보지 않고
네모난 천장은
네모난 바닥을 내려다보지 않네
네모난 바닥은
발바닥과 가깝고

네모난 천장은

손바닥과 가깝네

네모난 세월에 갇혀

네모난 삶을 사는 사람아!

그대의 바닥이

누군가의 천장일 수도 있으리니

세상 걱정 다 짊어진 듯이

제발 밑바닥 인생이라

한숨짓지 마시게나

좌우지간

오른쪽 왼쪽에 있는 내 눈은
애초부터 이념을 모르네
오른쪽 왼쪽에 있는 내 귀는
본디부터 사상을 모르네
우리 얼굴 모양에서는
우뚝 선 콧날이 그 중심이네
좌우지간 내 오른쪽 눈은
오른쪽만 보는 것이 아니고
내 왼쪽 눈은
왼쪽만 보는 것이 아니네
좌우지간 내 오른쪽 귀는
오른쪽만 듣는 것이 아니고
내 왼쪽 귀는
왼쪽만 듣는 것이 아니네
오른쪽 왼쪽 고개 돌려
아울러 보고 아울러 듣곤 하네
서울에 두 딸이 살고 있어
큰딸은 오른손잡이이고
작은딸은 왼손잡이네
너나없이 오른손 왼손 있어

오가며 악수를 할 때면
오른손이 도맡아 하지만
박수를 칠 때는 함께 하네
걸음걸이 모습들로 보아
오른팔 왼팔이 엇박자 아니고
오른쪽 왼쪽 다리가 있어
가파른 언덕길도 오르내리네
우리 몸의 모양에서는
탯줄은행 배꼽이 그 중심이네
한쪽 팔이 짧으면 곰배팔이고
한쪽 다리가 짧으면 절름발이네
우파도 좌파도 아닌 내게는
오른쪽 왼쪽 균형이 필요하네
왼쪽 오른쪽에 있는 내 눈은
본디부터 정치를 모르네
왼쪽 오른쪽에 있는 내 귀는
애초부터 철학을 모르네

4부

좋은 뜨물

주전자의 좋은 뜨물이 막걸리 아닌가

서둘러 탁주라거나 농주라 하여
냉큼 혀가 나가서는 안 되고
나무젓가락이 없으면 손가락 붓도 괜찮고

오호라! 지에밥에 누룩을 섞어 빚은
막걸리야말로 순수한 우리 술인 것을

단맛 신맛 쓴맛 떫은맛 잘 어우러져
이리도 맑고 순수한 맛이라니,
막사발 또한 막걸리에 제격이지

오랜만에 만난 벗과 막사발을 부딪치며
술에 작은 내가 먼저 무너지고
벚꽃 진달래꽃이 뜨겁게 피기 시작하거늘

녀석들이 제아무리 맑은술이라든지
도수가 높은 술일지라도
막걸리를 절대로 얕볼 수야 없지

주전자의 막걸리가 좋은 뜨물 아닌가

항아리

하느님이 흙으로 빚어
불가마에 구워진 것이 사람이고

사람이 흙으로 빚어
불가마에 구워진 것이 항아리라네

항아리가 둥그스름히 배가 나와
두 팔로 안아 볼 수가 없고

나 또한 둥그스름히 배가 나와
두 팔로 안아 줄 수가 없네

울 엄니 어린 내 두 귀 잡고
서울 구경을 시켜주신다더니

일찍이 아버지 뒤를 따라
가없는 하늘나라로 좇아가셨네

눈도 코도 없는 항아리를
무슨 소용에 옮겨야 하나

>

오늘 두 귀 번쩍 들어올려

개심사 절 구경이나 시켜줄까

종다리

보릿고개
보리밭
푸른 들녘 있었지

크고 따듯한 손이
보이지 않는
긴 줄을
올려주셨을 게야

마치 서커스처럼
공중 높이
매달려
재재거렸었지

참새보다 좀 더 큰
희망이라는
이름의 새

크고 따듯한 손이
보이지 않는

긴 줄을
내려주셨을 게야

푸른 들녘
보리밭
보릿고개 있었지

내 뱃속에 거지가 산다

나 어릴 때의 우리 집은
마을에서 제일 가난했다

방죽 둑 밑 거지들보다도
더 못 살았다

빨랫줄 위 제비들 노니는
봄볕 따뜻한 앞마당에

두레박으로 길어 올리는
우물 하나 있고

고작 깔고 앉은 밭 한 뙈기뿐
논 한 마지기 없는,

우리 집은 집만 하나
덩그러니 컸지

어느 해 보릿고개는
하루에 한두 끼니씩 굶기도 했다

>

말미암아 예순이
몇 해 지난 지금까지

거지보다 더 거지인 상거지가
내 뱃속에 살고 있다

집안 내력

밥보다 술을 더 반기던 아버지는 여러 술 가운데 막걸리를 가장 좋아하셨다

벗과 술을 가까이 않는 사람은 절대로 밀양 박가가 아니라고 시나브로 집안 내력을 부뚜막 어둠이듯 촛불처럼 밝히셨다

여자가 무슨 술이냐고 저어하며 술이라고는 숫제 입에 대지도 못하던 어머니는 알음알음하여 술을 빚는 솜씨가 마을에서 물안개처럼 소문이 나 있었다

언제나 아버지의 해장술로 지에밥에 누룩을 섞어 빚은 막걸리가 우리 집 부엌 제법 큰 알항아리에서 잘랑거렸다

소문이 밖으로 새어나갈까 봐 쉬쉬하며 빚은 술이라 하여 밀주라고도 했다

단속에 걸리면 형무소에 가고 엄청난 벌금을 물게 된다고 어린 동생들에게 입단속을 시키는 어머니 몰래 지에밥을 훔쳐 먹기도 하고 베보자기 살짝 들추고는 지게미를 훔쳐 먹곤 죽었다가 깨어난 적 있다

아버지 외모를 쏙 빼어 닮았다는 내게 어머니는 제발 아버지를 닮지 말고 술과 담배를 입에 대지 말 것을 누누이 유언으로 남기고 아버지 뒤를 따라 일찍이 저 세상으로 좇아가셨다

이즈막에 곰곰이 생각하니 술을 빚는 일과 시를 빚는 일이 마찬가지로 좋은 누룩이 있어야 좋은 시를, 많은 누룩이 있어야 많은 시를 빚을 수 있지 싶다

어처구니

온석저수지 물 반 물고기 반
눈에 띄는 물고기 많으니
보이지 않는 물고기들 훨씬 많겠네

저수지 위를 날던
왜가리 한 마리
물고기 한 마리 잽싸게 낚아채네

저수지 주인도 아니고
물고기 주인도 아닌데
내가 왜 속상해 하며 아쉬워하는가

저수지 바닥 난 지난해 가뭄에
물이 고인 까닭은 잘 알겠지만
물고기는 도대체 어디서 온 것일까

올해 또 저수지가 바닥을 보이면
저 물고기 목숨들은 죄다 어쩌나

땅거미 무렵쯤에 투망을 놓아

아침 해에 보글보글 매운탕을 끓여
소주 한 잔 탁 걸치면
얼마나 좋을까싶은 어처구니에

참 어처구니없는 놈 같으니라고,
퍼뜩 내가 내게 욕을 하는 것이네

아파트

아파트를 보고
비둘기 집 같다는 소리
제발 하지 마라

사람이 먼저인지
바닷물고기가 먼저인지는
잘 모르겠지만

사람들은 땅위에
바닷물고기들은 물속에
아파트를 짓고
살기도 하는 것이다

아파트 바닷물고기들은
수평선 너머를
자못 그리워하지만

아파트에 사는 사람들은
보다 낯선 세상이
못내 설레는 것이다

>

아파트를 보고
닭의장 같다는 푸념
부디 하지 마라

사람새

집이 어디냐고 묻는 이에게
나는 집이 없다고 대답하네

그럼 어디 사느냐고 다시 묻기에
아파트에 산다고 어물쩍거렸더니
아파트가 집이 아니냐고 의아해 하네

장독대 위 항아리들 살뜰하고
모란꽃 피고 라일락꽃 피고
장미꽃이 피는 작은 정원이 있는,

꽤나 오래된 기와집을 애써 팔고
몇 해 전에 아파트로 이사 와서는
집이라는 개념을 갖지 않았네

아파트는 구구구 비둘기 집,
구구구 닭의장 같다는 생각이
된장찌개처럼 보글보글 끓어오르네

날갯짓 펼쳐도 날지 못하고

날갯짓 없이도 날 수 있는

사람새들이 살고 있는 아파트에서
이즈음 일탈을 꿈꾸고 있네

산에 올라오니

산에 올라오니
녹음방초 앞산에
뻐꾸기 울고

뻐꾸기시계
뻐꾸기 아닌
진짜 뻐꾸기가 울고

바로 지금 이 산,
천년 침묵의
짐승인 것을

쥐라기의 공룡보다 더 큰
한 마리 짐승
잔등이 위에서

자욱한 옛 생각을
우윳빛
안개로나 풀고

>

산에 올라오니
녹음방초 앞산에
비둘기 울고

집비둘기 아닌
멧비둘기
꾹 꾸르륵 꾹 울고

가야금

나는 한때 오동나무였네
태양열에 충전한 말매미가
울음바다로 울고
잎사귀가 풍요로운 만큼
그늘도 마냥 부자였네
그리움이 캄캄한 아픈 가슴은
공명관을 바탕으로 한
울림통으론 안성맞춤이었네
산뜻한 그녀, 어쩌면
가냘픈 손가락이 그리도 예쁜지
그림자처럼 명주실을 가지고 와
내 한때의 오동나무에
한 줄 한 줄 열두 줄을 매었네
무릎 위에 살포시 올려놓고는
누르고 뜯고 퉁기며
소리의 높낮이를 조절했네
그녀와 나는 슬픔에 젖어
술에 젖듯 소리에 취했고
더불어 사랑에 취하곤 했네
어느 날 열두 줄 모두 느슨해지고

제3현 뚝 끊어지더니

그녀, 파랑새 되어

어디론가 포르르 날아가 버렸네

세월이 흐르고 흘러

한때 오동나무였던 나는

못내 쓸쓸한 손가락으로

현絃을 퉁기는 시늉을 하지만

가야국의 우륵이

신라에 귀화했다고 하여

결코 신라금이라 일컫지 않네

외암마을 영암군수 댁

아산시 송악면 외암마을은
연안 이씨의 집성촌,
이를테면 충청도 양반 고을이네
마을 입구에 들어서니
장승이며 솟대가 반겨주네
물레방아 돌고 돌아
연엽주蓮葉酒 몇 잔,
도토리묵 참 별맛이네
기와집 초가집 이웃한
즐비한 돌담 외암마을에
ㄱ, ㄴ, ㄷ, 그리고 한 一자의 조선집들
겨울에 따뜻하고
여름에 시원하다, 라는
말씀의 입술에 침을 바르지 않겠네
외암서사巍巖書社 편액이 낯익은
영암군수 댁 들어서니
예스러운 대청마루에
미닫이문 활짝 열려 있네
설화산 옛날쯤에 울울창창했을
저 기둥 하늘사다리들,

산이 높으면 골이 깊은
슬기로운 이치 깨우치고
하늘의 글, 비! 비! 비!
방금 빗줄기 소리 내어
줄줄이 읽고 있는 지붕 기와 보아,
어느 날 장대비 내리는 밤에
영암군수 댁 사랑채 서재에 앉아
소월, 동주, 목월, 백석, 미당의 시를
더불어 낭랑히 읽고 싶네

달 항아리

한가위 캄캄한 새벽에
오늘 밤 보름달이
하늘의 항아리일 것이라는 생각이
처마 밑 그물 같은
거미집을 짓네
내 나이 예순아홉
아직 망령이 든 것은 아닐 테고
늙바탕의 외로움에
오싹한 그리움이
풀벌레처럼 덤벼드는 까닭이랴
하늘의 조화 무궁무진하여
너나없이 항아리의
배부른 모양 볼 수 없고
보름달이라 여기고 있는
항아리 뚜껑만을 바라볼 것이네
내 속마음을 맹물처럼 끓이는
약속한 그대에게
캄캄한 가슴 열어 보일 수 없어
달 항아리 뚜껑을
활짝 열어 보일 작정이거늘

얼마나 많은 사람들의 소망과
내 간절한 바람이
뭇 별처럼 반짝이며
가득 담겨 있는가를
고즈넉이 지켜보시라

꽃다리 위에서

꽃지에서 방포로 건너다가
할미바위 할아비바위를
꽃다리 위에서 다시 보았다

할미바위 할아비바위 사이에
갈매기 두 마리 날고

(두 마리가 여러 마리보다
어찌 더 정겨워 보일까?)

낚싯바늘 같은 물음표를
바다에 드리우며 중얼거리는데

저물녘 수평선 위에
붉게 노을을 그린,

하늘에 계신 누군가가
불끈 낙관落款을
찍었다

못내 서운하여

바람이 살랑살랑 불기 시작하자
하얗고 보얗고 예쁘게 살찐,

기도하는 모습의 '봄'이라는 글자들이
이름 모를 새처럼 총총히 앉아 있네

목련꽃을 보고 나서
기껏해야 며칠이 지나지 않아
다시 산에 오르다가 보니

하르르 다 타버린 촛불이듯이
기도하던 모습의 꽃 모두 사라지고,

그 승천昇天의 자리에
마치 빈 접시인 양 자취만 남은 것이
못내 서운하여 눈물이 다 나는데

발갛게 숨 가쁜 진달래꽃이
어쩌면 또 저리도 내게
불을 붙이려고 덤비는지 몰라

>

—이제 나는 나이가 너무 많아!

때까치 같은 헛기침을 앞세우고
한 마디 거들지 않을 수가 없네

허수아비 시늉

어느 해부터 삼한사온 겨울 날씨를
하느님도 깜빡 잊고 계신가 보네

초겨울의 이상 기온으로
벚꽃, 개나리꽃, 진달래꽃이 피는가 싶더니
과수밭 사과나무에 꽃이 피었네

이즈막 내 삶의 계절이
늦가을쯤 아닌가 싶은데

어느 여인이 저 사과나무처럼
못내 내 몸 내 맘에 꽃을 피우게 할까,
은근히 기대도 해 보는 것이

바로 조금 전 티브이 특종 뉴스에서
인도의 96세 노인이 황혼 재혼을 하여
늦둥이를 낳았다고 들썽거리네

나는 어쩌면 늦가을 들녘을 지키는
쓸쓸한 허수아비 시늉을 하는 것인가

>

아직까지 나는 늙은이가 아니라고
새파란 신념을 곧추세워 보는데
전혀 어눌하거나 어색하지가 않네

지상의 양식

북 카페 '지상의 양식'에서 커피차를 마신다

커피나무 열매의 검은 맛이 쓰디쓰기는 하지만
커피와 커피차가 같은 말일 수 없다고 주억거리다

담배를 피우지 않고 술을 못하는 까닭에
가끔씩 아는 사람들과 커피숍에 들러
커피차 이름의 아메리카노를 즐겨 마신다

되도록이면 많은 책들과 더불어 내 시집이
몇 권쯤 꽂혀 있는 북 카페를 찾곤 하는데,

(책은 우리 안의 얼어붙은 바다를 깨는 도끼여야 한다네)

언제나 카프카의 고딕체 글귀가 침묵을 지키고
좀처럼 팔리지 않는 내 시집들이 숨죽이고 있다

하루에 두세 잔씩 마셔온 커피차를 가량해 보니
내 얼굴은 물론이고 온몸이며 마음까지
조금도 까매지지 않는 것이 신기할 따름이다

해설

물구나무로 서서 바라보는 세상

이형권 문학평론가 · 충남대 교수

물구나무로 서서 바라보는 세상

이형권 문학평론가 · 충남대 교수

1. 시인의, 시인에 관한 사유

이 시집의 문턱에 두 편의 시가 한 쌍의 장지문처럼 걸려 있다. 하나는 "4월에 오는 비/ 봄비// 4월에 우는 비"(「봄비」 전문)이고, 다른 하나는 "시인은 물구나무로/ 지구를/ 들어 올리는 사람이네"(「물구나무서다」 전문)이다. 아주 짧은 이 두 편의 시는 이 시집의 전체적인 지향점을 암시해 준다. 앞의 시에서 "4월"에 내리는 "봄비"를 "우는 비"라는 표현은 매우 함축적인 의미를 지니고 있다. 보통 "4월"의 "봄비"는 세상에 생명수를 뿌려주어 만물이 소생하게 하는 역할을 하기 마련이다. 그런데 시인은 왜 그런 "봄비"를 "우는 비"라고 표현했을까? 그것도 시집의 첫 작품을 이렇게 시작하고 있을까? 이 궁금증에 대한 대답은 이 시집을 끝까지 읽어보면 쉽게 찾아낼 수 있다. 이 시집에는 너무나 비속하고 일상적이고 관습적인 세상사에 대한 부정적, 비판적 인식이 빈도 높게 드러난다. 이러한 인식이 마음속에 가득한 시인이 바라보는 봄비는 울음의 표징일 수밖에 없는 것이다. 이것은 마치 엘리어트가 「황무지」에서 "사월은 잔인한 달"이라고 노래했던 마음과 다르지 않다. 엘리어트가 삭막한 현대 문명을 비판하는 시선으로 그렇게 노래했다면, 박만진 시인은 진실한 세상을 꿈꾸는 마음으로 울음을 노래했다는 점이 다를 뿐이다.

두 번째 장지문처럼 걸려있는, 「물구나무서다」는 "4월"의 "봄비"를 "우는 비"라고 노래하는 시적 태도를 함축하고 있다. "시인"을 "물구나무"로 서는 사람이라고 한 것은, 시인이 견지하고자 하는 '다른' 시선을 강조하기 위한 것이다. 무릇 시인은 평범한 사람들과는 '다른' 시선을 간직한 사람이어서, 다른 사람들이 무심히 지나치는 것에서 '다른' 모습을 찾아내는 능력의 소유자이다. 시인을 "물구나무로 지구를 들어 올리는 사람"이라고 하는 것은 그러한 능력을 비유적으로 표현한 것이다. "물구나무"로 서면 세상이 거꾸로 보이기 마련이고, 세상이 거꾸로 서 있다면 "물구나무"로 서야 세상을 똑바로 볼 수 있게 된다. 생각해 보면 세상("지구")은 상식과 진리에 어긋나는 것들, 비루하고 부정적인 것들, 즉 정상을 벗어나 거꾸로 된 것들이 너무도 많은 곳이다. 보통 사람들은 그러한 세상을 무심히 지나쳐 가지만, 시인은 그것을 비판적으로 인식하여 진실을 발견해야 하는 존재이다. 그래서 시인을 일컬어 "물구나무로 지구를 들어 올리는 사람"이라고 한 것이다. 이러한 시인의 모습은 당연히 박만진 시인 자신을 의미하는 것이다.

시인은 "물구나무로/ 지구를/ 들어 올리는 사람"이라는 박만진 시인의 시인론은 아주 흥미로운 경구이다. 가만히 생각해 보면 지구상에 존재하는 모든 것들은 우주 공간을 중심으로 생각하면 모두 거꾸로 서 있다. 그렇다면 지구상에 존재한다는 것은 거꾸로 서는 것이 지극히 정상적이다. 문제는 문명이나 자본가 욕망으로 인해 세상이 타락할수록 인간이 거꾸로 서기(실은 똑바로-순수하게 서기)를 거부한다고 할 수 있다. 현대인은 이처럼 거꾸로 서기를 거부하는 사람, 혹은 거꾸로 선 존재라는 사실을 망각한 사람이라고 할 수 있다. 그러나 시인은 하늘을 바닥 삼아 지구를 밟고 있다는 사실을 기꺼이 수용하는 사람이다. 하여 "물구나무로/ 지구를/ 들어 올리는 사람"이라는 의미심장한 시구는 사람을 사람답게, 지구를 지구답게 살리고 싶은 시인의 소망을 담고 있다. 박만진 시인의 시 쓰기는 일평생 이러한 소망을 이루기 위한 지난한 과업이었다. 그 구체적인 양상은 이 시집에서 언어의 결핍감과 자각, 속악한 세상에 대한 풍자, 시간의 소멸성에 대한 부정 등으로 구체화된다. 시인은 이들을 통해 언어의 진리 혹은 삶의 진실을 찾기 위해 기꺼이 물구나무를 선다.

2. 웃보와 옹달새, 새로운 언어의 탄생

시는 최고最古/最高의 언어 예술이다. 시는 주술적 언어의 시대, 신화적 언어의 시대부터 오늘날 첨단과학의 시대까지 인간의 삶과 영혼의 깊은 곳을 드러내는 형식이었다. 예술적 차원에서도 시는 가장 오래되고 가장 전위적 상상과 사유의 매개 역할을 충실히 해 왔다. 그런데 문제는 언어가 사회적 규약의 일종으로서 불완전하고 불연속적이어서 세상에 존재하는 모든 것을 온전하게 드러내는 것이 불가능하다. 언어의 다양한 조합으로 그 결핍감을 해소하고자 하나 복잡다단한 세상을 온전하게 개진하기에는 역부족이다. 가령 '빨갛다'라는 색감의 실제는 미세하게 구분하면 수백 수천 가지, 아니 그 이상일 터인데, 인간의 언어는 고작 몇 가지 단어를 가지고 있을 뿐이다. 그런데 일반 사람들은 기존의 언어만을 습득하여 사용해도 결핍감이나 부족감을 느끼지 않는다. 그러나 시인은 다르다. 시인은 세상에 존재하는 것뿐만 아니라 그 너머의 세계를 상상하는 존재이기에 언어가 더욱 불완전하다고 느낀다. 복잡 미묘한 시상을 표현하고자 언어를 부려보지만 언제나 흡족하지 않다. 그래서 시인은 그러한 결핍감을 환기하면서 새로운 언어를 창조하는 지난한 일을 수행하는 것인데, 시인을 일컬어 세상의 발견자이자 언어의 창조자라고 하는 이유가 여기에 있다.

울보는 있는데
웃보는 왜 없나

울보의 반대말이
웃보 아닌가

서러움을 울보로
다 감쌀 수 있나

밥보라는 말에서

바보라는 말도 생겼는데

언제나 없이
잘 웃는 아내를

웃보라는 애칭으로
부르기도 하지만

기꺼움을 웃보로
다 감쌀 수 있나
—「웃보」 전문

이 시는 우리가 평소에 생각하지 못했던 것을 흥미롭게 드러내 준다. 시인은 "울보"라는 말을 떠올리면서 생각하면서 언어에 대한 의문을 가진다. "울보"라는 말은 '울다'라는 동사의 어간 '울'에 정도가 심한 사람에 붙는 접미사 '보'가 결합하여 만들어진 말이다. 이 시에 등장하는 "바보"뿐만 아니라 뚱보, 먹보, 잠보 등도 그러한 형식으로 만들어진 말이다. 그런데 시인은 이러한 "울보"라는 말을 생각하면서 세 가지 의문점을 갖는다. 첫째는 "울보"라는 말이 없는 점에 대한 것이다. "웃보는 왜 없나"라는 의문 속에는 언어의 결핍감에 대한 인식을 드러낸다. 둘째는 "울보"라는 말이 지닌 한계이다. 시인은 "울보"라는 말이 "서러움을 다 감쌀 수 있나"라고 의문을 가진다. 사실 사람이 운다는 것은 그 원인이 여러 가지다, 슬퍼서 울 수도 있고, 서러워서 울 수도 있고, 고독해서 울 수도 있고, 심지어는 기뻐서 울 수도 있다. "울보"라는 말은 이렇게 복잡한 인간의 심리를 온전하게 드러내기 어렵다. 그래서 슬픈 울보, 서러운 울보, 고독한 울보, 기쁜 울보라고 수식을 사용해야 그 원래의 의미를 어느 정도 드러낼 수 있다. 울음의 원인이 더 복잡미묘할 경우 수식어가 더 많이 필요하다. 시인은 이러한 언어의 한계를 생각하고 있다. 셋째는 "웃보"라는 말이 가질 한계이다. 물론 "웃보"라는 말은 표준어 사전에 등재되어 있지 않은 것이다. 시인은 이 말의 존재를 가정하여 그 한계를 인식하기도 한다. "기꺼움을 웃보로/ 다 감쌀 수 있나"라는 의문 속에는 언어의 결핍감을 보완하기 위해 더 많은 말을 만들어서 사용해도 언어는 언제나 불완전하다는 것이다.

시인은 "웃보"와 같은 신조어를 만드는 사람이면서, 기존의 언어에 대한 갱신의 의미를 지닌 사람이다. 시인이 시를 쓰는 이유는 언어를 갱신하여 새로운 감각을 창조하는 것이다. 기존의 언어에 대한 갱신의 의지는 가령 다음과 같다.

> 서로가 바꿔 부르면
> 좋을 듯싶은 이름이 있다
>
> 지저귀는 종달새를
> 옹달새라 부르고
>
> 맑고 깊은 옹달샘을

종달샘으로 부르면 어떨까

재잘대는 종다리를
종아리라 부르고

아이들의 종아리를
종다리로 부르면 어떨까

곱다시 고쳐 부르면
좋을 듯싶은 이름이 있다

들녘 개불알꽃이란
꽃 이름이 아닌 것 같고

길가 며느리밑씻개란
풀이름이 그렇고 그렇다

—「이름」 전문

언어의 중요한 기능 가운데 하나는 명명의 기능이다. 언어는 사물이나 존재에 이름을 붙임으로써 그것을 인간의 인식과 삶 속에 끌어들이는 역할을 한다. 이 시에서 "서로가 바꿔 부르면/ 좋을 듯싶은 이름"을 제시하고 있다. 즉 이미 명명된 "종달새"와 "옹달샘"을 갱신하여 "종달샘"과 "옹달새"라고 부르고 싶다고 한다. 단어의 합성을 바꾸어 봄으로써 기존의 언어 이미지나 감각을 갱신하고자 하는 것이다. 또한, "종다리"와 "종아리"의 지시 대상을 바꾸어 보고 싶다고 한다. 사실 "종다리" 새는 다리가 아니라 날개로 다니는 것이니 종'아리'라고 부르고, 아이들의 다리를 종'다리'라고 부르는 것이 자연스럽다고 할 수 있다. 기존의 언어 감각이 문제가 있으므로 그것을 갱신하고자 하는 것이다. 이뿐만 아니라 "곱다시 고쳐 부르면/ 좋을 듯싶은 이름"에 대해서도 강조한다. "개불알꽃이란/ 꽃 이름"과 "며느리밑씻개란/ 풀이름"이 그것인데, 이들의 이름은 꽃이나 풀을 지시하는 것으로서 어색한 것이 사실이다. 순수한 자연물을 비속한 언어로 명명하는 것에 관해 문제를 제기한 것이다.

언어의 명명 기능에 대한 문제 제기는 기존의 언어에 대한 이의로 이어지기도 한다. 언어는 기본적으로 자의성을 지닌 것이어서 사물이나 존재와의 결합이 필연적이지는 않다. 하지만 언어는 그것을 사용하는 사람들의 인생관이나 세계관을 반영하는 것이다. 이러한 관점에서 시인은 별의 이름에 이의를 제기한다.

은하수 같은 사람들 별이 되기를 소망하는 지구촌에 예쁜 꽃, 푸르른 나무, 신비로운 새 이름도 많은데

뭇 별 가운데 어찌 동물의 이름들이 반짝이는가

하늘의 별자리조차 바꾸어 놓는 봄, 여름, 가을, 겨울을 세월의 마차부라 해도 좋지 싶다

지구가 돈다는 사실을 알고 있으면서 조금도 멀미를 하지 않으니 천만다행이다

다시는 볼 수 없으리라 여기던 초롱초롱한 별들이 쏟아져 내릴 것만 같은 밤하늘을 파도 소리 잔잔한 원산도에서 본다

어줍은 나는 뭇 별 가운데 어릴 때 울 엄니께서 정화수를 떠놓고 치성을 드리던 국자 모양의 북두칠성을 잘 알고 있다

초저녁 서녘 하늘 개밥바라기랑 밤하늘에 가장 먼저 떠오르는 사다리꼴 사자자리쯤 겨우 알고 있다

다른 별자리에 도무지 캄캄한 나는 동물 이름의 별들을 손가락 꼽아 헤아려본다

염소, 양, 황소, 외뿔소, 큰개, 작은개, 사냥개, 살쾡이, 전갈, 큰곰, 작은곰, 기린, 사자, 작은사자, 고래,

아하! 뱀별에 땅꾼별도 있구나

여섯 줄을 뜯는 거문고별이며 양떼를 모는 목동별을 만나고 싶다

파도 소리 잔잔한 원산도에서 본다 다시는 볼 수 없으리라 여

기던 초롱초롱한 별들이 쏟아져 내릴 것만 같은 밤하늘을

—「뭇 별 가운데」 전문

이 시는 "원산도"에서 별무리를 바라보면서 별 이름의 문제점을 지적한다. "뭇 별 가운데 어찌 동물의 이름들이 반짝이는가"라는 시구가 그것이다. 실제로 별(자리) 이름은 시인이 지적한 대로 유난히 동물의 이름을 빌린 것이 많다. "염소, 양, 황소, 외뿔소, 큰개, 작은개, 사냥개, 살쾡이, 전갈, 큰곰, 작은 곰, 기린, 사자, 작은 사자, 고래,// 아하! 뱀별에 땅꾼별도 있구나"라는 시인의 탄식은 별(자리) 이름에 동물과 관련된 것이 많은 것에 대한 비판적 인식을 담고 있다. 별은 희망과 순수와 기쁨과 소망과 같은 긍정적인 정신세계를 상징하는 것인데, 본능적이거나 포악하거나 상극적인 동물의 이름을 붙인 것에 대해 문제가 많다고 보는 것이다. 그래서 "여섯 줄을 뜯는 거문고별이며 양떼를 모는 목동별을 만나고 싶다"고 하는데, 이는 자연과 우주와 인간이 어우러진 순수한 세계에 대한 소망과 관련된다. 혹은 "초롱초롱한 별들"의 세계에서 시심을 얻으려는 시인의 소망을 드러낸 것이다. 이 소망은 언어가 곧 세계관의 반영이므로, 순수한 언어를 회복하여 포악하고 삭막한 세상을 평화로운 세상으로 갱신하고자 하는 의지와 관련된다.

한편, 고유어가 부족하고 외래어가 범람하는 현상에 대한 문제를 제기하기도 한다. 이즈음 우리의 언어 형상은 날이 갈수록 외래어 내지는 외국어 선호 현상이 강화되고 있다. 심지어는 외국어를 써야만 세련된 감각을 소유한 것처럼 간주되기도 한다.

이러한 세태를 염두에 둔 듯 시인은 이렇게 노래한다. “그러나 곤포는 한자말이고 사일리지는 영어 아닌가// 잘 몰랐을 때는 몰랐을 때고 부아처럼 슬그머니 부끄러워지는 것이// 농부들은 차치물론하고 도대체 우리나라 국어학자들이며 시인들은 뭘 하는지 벌레를 씹은 듯 자괴감이 들다”(「곤포梱包 사일리지」 부분). 이 시구는 “곤포”나 “사일리지”라는 말에 해당하는 고유어가 없다는 사실에 주목한다. 추수가 끝난 가을 들녘에 둥글게 말아놓은 볏짚 뭉치를 뜻하는 “곤포”는 보통 흔하게 쓰이는 말이 아니다. 굳이 이름을 붙이자면 ‘짚 뭉치’ 정도가 될 터인데, 이 말은 아직 하나의 합성어로 인정되지 않고 있다. 시인이 이런 현실에 대해 “우리나라 국어학자들”과 “시인들”을 탓하며 “자괴감”을 느낀다고 한다. 이 대목은 박만진 시인의 언어 의식 내지는 국어의 정체성에 대한 인식이 속 깊다는 것을 알려준다.

3. 비치파라솔과 모자, 다른 생각의 발견

언어의 불완전성 혹은 언어의 결핍감을 느끼는 것은 복잡미묘한 감성을 언어로 표현해야 하는 시인의 숙명이다. 아니 시인은 언어가 완전하지 못하다는 인식을 동력으로 삼아 더 나은 언어의 세계를 구축하고자 하는 열망으로 시를 쓴다. 언어의 결핍감이나 불완전성에 대한 인식은 시인들에게 다양한 실험 정신을 갖게 한다. 실험적 시는 다다시, 초현실주의시, 해체시, 무의미시 등 다양한 형식으로 나타나지만, 이 시집에서 보이는 것은 구체시具體詩라는 형식이다. 구체시는 보통 일반적 구문으로 표현하기 어려운 시상을 언어의 형상적 배열을 통해 드러내고자 하는 전위적 형식이다. 박만진 시인은 전체적으로 전통적인 시학에 뿌리를 두고 있지만, 적지 않은 작품들에서 이러한 구체시 형상을 보여주고 있다.

도 레 미 파 솔 라 시 도

　　　만
　리　　포
해수　　　욕장
　　　파
　　　라
　　　솔

빨 주 노 초 파 남 보

　　　천
　리　　포
해수　　　욕장
　　　파
　　　라
　　　솔

— 「비치파라솔」 전문

이 시는 천리포와 만리포 해변에 놓여 있는 "비치파라솔"을 형상화하고 있다. 이 시에서 두 연의 형상은 같지만, 그 형상에 담긴 내용은 부분적으로 다르다. 우선 그 지리적 배경이 1연에서는 만리포이고 2연에서는 천리포이다. 그리고 "비치파라솔"의 지붕 부분에 해당하는 곳에 7음계인 "도레미파솔라시도"와 7색조인 "빨주노초파남보"를 각각 배열하고 있다. 두 시구절이 모두 7음절로 구성되었다는 것도 흥미롭다. 천리포와 만리포는 여름 휴가철에 사람들이 즐겨 찾는 유원지라는 공통점이 있다. 그런데 지붕을 형상한 언어 배열이 만리포는 청각적 이미지를, 천리포는 시각적 이미지를 통해 드러내고 있다. 이것이 특별한 의미를 드러내는 것은 아니지만, "비치파라솔"이라는 동일한 대상을 다르게 감각할 수 있다는 점을 보여준다. 이는 구체시의 일반적 양식인 청각시와 시각시의 조건을 갖추고 있는데, 이는 전통적인 언어 혹은 기존의 문학적 관습을 벗어나고자 하는 것이다. 즉 언어가 의미를 지향하는 것이 아니라 형상을 만드는 새로운 용도로 사용되는 셈이다. 이로써 시인은 언어의 불완전성을 극복하여 새로운 시의 세계에 도달하고자 했다고 하겠다.

그런데 구체시는 언어의 의미를 반드시 부정하는 것은 아니다. 구체시는 형상성만을 추구하면서 기존의 언어와 시적 관습을 부정하기도 하지만, 시어의 형상성과 그 의미를 결합시켜 일정한 주제 의식을 드러내기도 한다.

모자 위에 새들이 날아가고
　　　　　흰 구름 흘러가고
　　　　　달이 뜨고
　　　　　해가 지고
　　　　　하늘 드높고 드넓지

신발 아래 흙먼지 날리고
　　　　　샛길이 생기고
　　　　　시냇물 흐르고
　　　　　강물이 흐르고
　　　　　바닷물 출렁이지

머리가 작고
다리와 목이 긴
타조 알의 노른자위처럼
지구는 둥글고
지구는 돌고

강원도 양구군 봉화산 기슭이
한반도의 배꼽,

—「생각의 모자」 전문

이 시는 "모자"의 형상성을 바탕으로 "지구"에 관한 "생각"을 드러낸다. 1연과 2연의 첫행은 모자의 챙이 길게 나온 형상을 드러내면서 그 아래로 우주에 관한 다양한 생각들을 나열하고 있다. 1연은 "모자 위"의 하늘에 관한 상상을 자유롭게 펼치고 있다. "새들"과 "흰 구름"과 같은 대기권의 존재에서부터 "달"과 "해"와 같은 우주적 세계까지 상상하고 있다. 그리하여 마침내 "하늘 드높고 드넓지"라는 천지현황天地玄黃의 진리를 깨닫고 있다. 이에 비해 2연은 "신발 아래" 즉 모자 아래의 세계를 형상하고 있다. "흙먼지"나 "샛길"과 같은 육상의 존재에서부터 "시냇물"과 "강물", "바닷물"과 같은 물의 세계까지 상상하고 있다. 이러한 "생각의 모자"는 "지구는 둥글고/ 지구는 돌고"라는 시구에 이르러 지구 전체를 통람하는 데까지 이른다. 그런데 "지구"의 중심이 "강원도 양구군 봉화산 기슭" 즉 "한반도의 배꼽"이라고 함으로써 우주적 상상에 구체성을 부여하고 있다. 모자의 형상과 "모자의 생각"이 자연스럽게 결합하고 있는 것이다.

언어의 형상을 통한 시적 상상의 방식은 "네모난 아파트/ 네모난 10층 바닥은/ 네모난 9층 천장이고/ 네모난 10층 천장은/ 네모난 11층 바닥이네/ …(중략)… 네모난 세월에 갇혀/ 네모난 삶을 사는 사람아!/ 그대의 바닥이/ 누군가의 천장일 수도 있으리니/ 세상 걱정 다 짊어진 듯이/ 제발 밑바닥 인생이라/ 한숨짓지 마시게나"(「네모난 바닥」 부분)와 같은 시에서도 흥미롭게 드러난다. 이 시는 언어 자체가 만드는 형상성은 약하지만, "네모난"의 반복과 "네모"의 형상은 외형과 다르게 아이러니한 인생을 흥미롭게 표상하고 있다. 이 시에서 "네모난 삶에 갇혀/ 네모난 삶을 사는 사람"에 드러나듯이 "네모"는 일차적으로 규격화된 삶을 의미한다. 하지만, "그대의 바닥이 누군가의 천정일 수 있"다는 점에서 남을 위해 희생하는 이타적인 삶을 의미하기도 한다. "네모"를 상상력의 매개로 삼아 특이한 시상을 구축하고 있는 것이다.

또 하나, 박만진의 시 가운데 문자가 가진 형상성을 통해 사회 비판적인 의식을 드러내는 형식을 취하는 것도 있다.

LH 부동산 사태가
LH가 아니라
내 사태로 읽히는 것은

내 탓이요
내 탓이요
LH 큰 탓이로소이다

아니, 곰곰
참따랗게 되짚어 보니
문문

LH 탓이요
LH 탓이요
내 큰 탓이로소이다

—「문문」 전문

이 시는 영문 이니셜인 "LH"를 교묘하게 활동하여 시상을 전

개한다. "LH 부동산 사태"는 최근 우리 사회의 이슈로 떠올라 국민적 공분의 대상이 되었다. 공공주택 건설을 위해 만든 기관의 임직원들이나 관련 공무원들, 혹은 정치 지도자들이 사적인 이익을 위해 부정을 저지른 것이다. 이러한 일에 대해 보통 사람들은 그들을 비난하고 고발하는 것에 익숙해져 있다. 그러나 시인은 그러한 사태에 대하여 "내 탓"이라고 하고 있다. "LH"와 "내"의 형상적 유사성을 바탕으로 우리 사회의 부동산 문제를 '내 탓"으로 돌리고 있는 것이다. 이것은 단순한 언어유희로 시작된 것이지만, 그것으로 인해 자기 성찰이라는 소중한 시적 사유를 얻은 셈이다. 그리고 3연에서는 언어유희가 정치적 비판 정신을 드러내는 데 활용된다. 즉 "LH 사태"의 원인을 "곰곰/ 참따랗게 되짚어 보니/ 문문"에서처럼 현직 "문" 대통령의 탓으로 돌리기도 한다. 사실 이번 사태의 행정적 책임은 최종적으로 그 수반인 대통령에게 있다는 것은 자연스러운 비판이다. 이렇듯 박만진 시인은 언어유희를 통해 일반적 언어의 용법으로 표현할 수 없는 부분을 표현하고 있는 셈이다. 다른 시에서 "꼬꼬댁 꼬꼬 우는/ 저 닭은 물론이고/ 다른 암탉들의 고향도/ 꼬꼬다/ 춘천 댁, 김천 댁, 해남 댁은/ 안성 댁의 이웃이다"(「꼬꼬 댁」 부분)라는 표현도 비슷한 표현 방식을 보여준다.

4. 온전한 세계, 생태 낙원을 찾아서

이 시집에서 언어의 불완전성은 곧 세상의 불완전성을 의미하는 것이고, 시인은 그러한 언어의 갱신을 통해 비속한 세상의 갱신을 추구하는 존재이다. 그렇다면 시인이 생각하는 비속한 세상은 무엇인가? 그것은 앞서 살핀 시편들을 참조하건대, 개인마다의 이기적 욕망으로 파편화된 세상이다. 시인은 이러한 세상을 갱신하고자 언어를 갱신하는 것인데, 그리하여 궁극적으로 지향하는 것은 생태 낙원이다. 시인이 생각하는 생태 낙원은 상극적 원리를 거부하고 자연의 가치와 상생의 원리가 살아있는 곳이다. 이 시집에는 순수한 자연을 노래하는 시편들이 빈도 높게 나타나는데, 그런 시편들이 단순한 자연주의를 넘어 생태주의를 지향하는 모습을 보여준다.

태안 앞바다에 가면 주꾸미와 낙지가 이따금씩 수묵화를 그리기도 하고, 몇 년 전에 주꾸미가 하늘빛 고려청자를 건져 올린 적도 있습니다

태안 앞바다 유조선·기름 유출 사고

티브이 뉴스를 걱정스레 지켜보니, 그 검은 재앙이야말로 강 건너 불구경이 아니었습니다

처음 본 오일볼을 놀이 공으로 알고 등 굽혀 입사를 하던 왕새우들이 놀라 뿔뿔이 달아나고, 외끌이 쌍끌이 고깃배가 스무날 넘도록 바닷물고기가 아닌 타르 덩어리를 애면글면 건져 올렸습니다

자원봉사자 100만 명 돌파

죽어가는 파도들이 일렁이며 출렁이며 철썩철썩 주저앉는 바닷가, 그 기름방제 작업을 나 역시도 몇 차례 참여했습니다만 그야말로 태안의 기적은 콧마루가 찡하도록 눈물이 나는 일이었습니다

다음다음해에 찾아간 태안 앞바다는 파도들이 다시 살아나 갈매기 몇 마리 무동을 태우고 출렁출렁 춤을 추고 있었습니다

—「태안의 기적」 전문

이 시는 "유조선의 기름 유출 사고"로 "태안 앞바다"에서 벌어졌던 심각한 생태계 파괴 사건을 떠올리고 있다. "태안 앞바다"는 원래 "주꾸미와 낙지가 이따금 수묵화를 그리"는 아름다운 자연 공간이었다. 그러나 "기름 유출 사건" 이후 "검은 재앙"의 공간으로 변해 버렸다. "오일볼"과 "타르 덩어리"가 바다의 생명들을 죽음으로 몰아넣고, 인간의 삶마저 심각하게 위협하는 지경에 이르고야 말았다. 그러나 생태계 복원에 대한 의지는 "자원 봉사자 100만 명"을 불러들였고, 그 결과로 "태안 앞바다"는 "갈매기 몇 마리 무등을 태우고 출렁출렁 춤을 추"는 공간으로 재생의 공간이 되었다. 시인은 이러한 인간의 생태 의지와 자연의 복원력에 감탄을 하고 있다. 이러한 생태 의식은 최근 원산도 개발에 대해 "원산도에서 정말 좋았던 것은 총총한 별들

이 쏟아져 내릴 것만 같은 밤하늘이었다// 다시는 볼 수 없으리라 못내 그리워하던 초롱초롱 영롱한 별들이었다"(「원산도에 다녀와서」 부분)는 인식에서도 드러난다. 연육교를 놓아 이미 자연의 섬이 아닌 "원산도"에 대한 생태적 불만을 드러내고 있다.

시인은 반생태의 현실에 불만을 드러내는 동시에 생태적 세계에 대한 신뢰를 드러내기도 한다. "황소개구리 몸집이 제아무리 크다 할지라도 물큰한 쇠똥 한 무더기쯤도 안 되는 것을"(「은석 저수지 풍경」 부분) 강조한다. 이는 생태계 파괴의 현실을 비판하면서 자연의 순리를 강조하고 있다. "서로서로 울음을 밟지 않으려고/ 긴 숨 삼키듯 조심하며/ 번갈아 차례로 가락을 뽑는/ 수탉들의 울음의 질서라니,/ 겨울 하늘 무리지어/ 날아가고 날아오는/ 겨울철새들처럼/ 그 서열이 있나 보다"(「울음의 질서」 부분)라고 노래한다. 이때 "질서"는 자연의 원리 혹은 생태의 원리와 다르지 않다. 건강한 생태 의식은 자연의 원리를 발견하여 그 원리에 따라 살아가는 것일 터, 이 시에서 신새벽에 닭들이 보여주는 "울음의 질서"는 그러한 원리를 상징하는 것이라 하겠다.

생태의 원리에 대한 인식은 시간관에서도 나타난다. 시인은 세속의 시간을 넘어 온전한 시간을 찾아 나선다. 시인은 자신의 나이를 "일흔세 살이 아니라 73층/ 어찌어찌 하늘 가까워지고/ 잠을 자고 꿈을 꾸고"(「봄비, 듣다」 부분)라고 하여 세속의 시간 관념과 다르게 인식한다. 자신의 나이가 흘러간 세월이 아니라 쌓이는 지혜임을 강조하면서, 아직 "꿈"과 멀어지지 않은 삶을 살아가고 있음을 고백한다. 그리고 이러한 인식은 이 시집의 표

제작에서 단적으로 드러난다.

하릴없는 세월에 붙일 우표를 무엇으로 할까 잠시간 골똘했어요

너나없이 학창 시절에 은행잎, 단풍잎, 네 잎 토끼풀을 책갈피에 끼워 두기를 좋아했었지요

풋풋한 풀잎들 가운데 네 잎 토끼풀이 마땅하기는 하지만 보물찾기도 아니고 영 찾기가 힘들어서요

역시 눈치 빠른 당신은 단풍잎이라는 것을 벌써 알아차리셨군요

단풍나무와 우체통, 빨간색과 또 다른 빨간색은 잘 어울리지 않아요

발삼나무 창창울울한 캐나다는 가본 적 없어 알 수 없지만요

우리나라 어느 우체국도 단풍나무 바로 옆에 우체통을 세워 둔 곳이 없어요

그러저러 허송세월했노라고 안개처럼 부옇게 한숨짓지 마세요

세월에 단풍잎 우표 붙여 구름 집배원 아니면 강물 집배원의 발품을 좀 빌릴까 해요

어느 세월쯤에 도착할지 몰라도 수취인은 전지전능하신 하느님이시어요

늦가을 비 추적추적 내리는 오후, 세월에 붙일 단풍잎 우표 몇 개 냉큼 주워들었지요

—「단풍잎 우표」 부분

이 시에서 "하릴없는 세월"은 세속의 시간이다. 그 시간은 속악한 세상에서 경쟁과 상극과 이기심으로 살아가는 반생태적인 삶을 의미한다. 시인이 그러한 "세월"을 편지에 넣어서 보내고 싶은 것은 "전지전능하신 하느님"의 세계이다. 이때 "하느님"의 세계는 신앙의 대상이라기보다는 인간의 "세월" 너머에 존재하는 생태적 낙원이다. "세월에 단풍잎 우표 붙여 구름 집배원 아니면 강물 집배원의 발품을 좀 빌릴까" 한다는 데에 그러한 뜻이 함의되어 있다. 그리고 인위적으로 "빨간색"을 칠한 "우체통"을 부정하는 데서도 그러한 뜻이 암시되어 있다. 따라서 "단풍잎 우표"는 인간의 우표가 아니라 자연의 우표이고 생태의 우표이다. 이 우표는 인간이 지닌 시간의 한계를 극복하여 세계의 모든 것들이 함께 어우러져 상생하는 생태 낙원으로 안내하는 매개 역할을 한다. 이 세계는 당연히 시인이 절감했던 언어의 불완전성 혹은 인생의 불완전성을 극복한 곳이다. 이 세계를 상상하는 것만으로서 박만진 시인은 이미 세속적 "세월" 너머를 꿈꾸는 존재이다. 그래서 그는 시인이다.

박만진 시집

단풍잎 우표

발　행 2021년 7월 18일
지 은 이 박만진
펴 낸 이 반송림
편집디자인 김지호
펴 낸 곳 도서출판 지혜 · 계간시전문지 애지
기획위원 반경환 이형권
주　소 34624 대전광역시 동구 태전로 57, 2층 도서출판 지혜 (삼성동)
전　화 042-625-1140
팩　스 042-627-1140
전자우편 ejisarang@hanmail.net
애지카페 cafe.daum.net/ejiliterature

ISBN : 979-11-5728-450-4 03810
값 10,000원

* 본 도서는 충청남도와 충남문화재단의 후원으로 발간되었습니다.

박만진

박만진 시인은 1947년 충남 서산에서 출생하였다. 중앙대학교 예술대학원 문예창작과 전문가과정 수료, 1987년 1월『심상』신인상으로 등단하였다. 1987년 2월 첫 시집『빈 시간에』를 출간한 이래『슬픔 그 껍질을 벗기면』,『물에 빠진 섬』,『마을은 고요하고』,『내겐 늘 바다가 부족하네』,『접목을 생각하며』,『오이가 예쁘다』,『붉은 삼각형』,『바닷물고기 나라』,『단풍잎 우표』등 10권, 시선집『개울과 강과 바다』,『봄의 스타카토』,『꿈꾸는 날개』(한국대표서정시 100인선) 등을 출간했다. 충남문학대상, 충청남도문화상, 현대시창작대상, 충남시인협회상본상 등을 수상하였으며, 현재 서산시인회 회장, 충남시인협회 회장, 한국시인협회 심의위원, 한국시낭송가협회 자문위원. 윤곤강문학기념사업회 고문으로 활동하고 있다.

박만진 시인의『단풍잎 우표』는 인간의 우표가 아니라 자연의 우표이고 생태의 우표이다. 이 우표는 인간이 지닌 시간의 한계를 극복하여 세계의 모든 것들이 함께 어우러져 상생하는 생태 낙원으로 안내하는 매개 역할을 한다. 이 세계는 당연히 시인이 절감했던 언어의 불완전성 혹은 인생의 불완전성을 극복한 곳이다. 이 세계를 상상하는 것만으로서 박만진 시인은 이미 세속적 "세월" 너머를 꿈꾸는 존재이다.

이메일: manjini47@hanmail.net